Ian Beck

A...E

Llyfrgell Sir POWYS County Library
Llandrindod Wells LD1 5LD

PLAYGROUPS

C.M. Pen-y-Bont
Fawr

16 JUL 2001

C.M. Llanrhaeadr

16 DEC 2002

Dechrau Da Book Start

Acc. No. ...0.0.1.4.9.3.3.5...........   Class No. .............W.J.F.............

BECK, Ian.
Adre Cyn Nos.

This book must be returned by the last date stamped above.
Rhaid dychwelyd y llyfr hwn erbyn y dyddiad diwethaf a stampiwyd uchod.

A charge will be made for any lost, damaged or overdue books.
Codir tâl os bydd llyfr wedi ei golli neu ei niweidio neu heb ei
ddychwelyd mewn pryd.

Addasiad H.........avies

D1424738

FROM STOCK

LLYFRGELLOEDD POWYS LIBRARIES

I Lily, Edmund a Laurence.

Mae tedis yn cael bywyd mor dawel
a digyffro, on'd ydyn nhw?

Argraffiad Cymraeg cyntaf: 2000

Cyhoeddwyd gyntaf ym Mhrydain yn 1997 gan Scholastic Children's Books,
Commonwealth House, 19 New Oxford Street, Llundain WC1A 1NW

Hawlfraint y testun a'r lluniau © Ian Beck 1997

Mae Ian Beck wedi datgan ei hawl yn unol â Deddf Hawlfraint, Dyluniadau
a Phatentau 1988 i gael ei gydnabod fel awdur ac arlunydd y llyfr hwn.

Cedwir pob hawl.

Teitl gwreiddiol: *Home Before Dark*

Hawlfraint y testun Cymraeg © Helen Emanuel Davies 2000

ISBN 1 85902 875 6

Dymuna'r cyhoeddwyr gydnabod cymorth Adrannau Cyngor Llyfrau Cymru

Cyhoeddwyd gan Wasg Gomer, Llandysul, Ceredigion, Cymru SA44 4QL

Argraffwyd a rhwymwyd yn China

Eistedd ar ei ben ei hun ar y staer oedd Tedi.
Roedd Lili a Mam yn paratoi i fynd allan.

"Aros funud, Mam," meddai Lili. "Ry'n ni wedi
anghofio Tedi. Druan â Tedi, roedd e'n meddwl
ein bod ni'n mynd allan hebddo."

"O, mae'n wyntog," meddai Mam. "Dw i'n falch
ein bod ni wedi gwisgo'n cotiau."
"Mae Tedi'n hoffi mynd i'r parc," meddai Lili.

Bu Lili a Mam yn y parc am amser hir, yn
chwarae ar y siglenni ac yn bwydo'r hwyaid.

"Mae'n mynd yn hwyr," meddai Mam, "ac mae'n edrych fel glaw. Dere, Lili, rhaid i ni gyrraedd adre cyn iddi nosi."

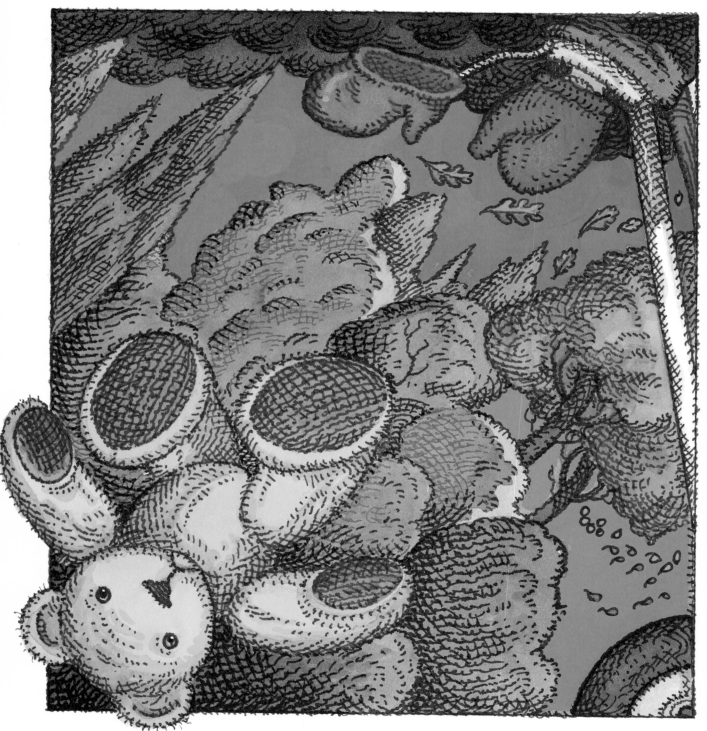

Roedd Lili wedi blino cymaint nes iddi syrthio i gysgu. Roedd Tedi ar ei chôl . . . O na! Syrthiodd e i'r llawr! Druan â Tedi!

Aeth Mam a Lili adre, gan adael Tedi ar ôl
yn y parc.

Roedd e ar ei ben ei hun.

Cerddodd Tedi at y gatiau mawr haearn.

Gwthiodd a gwthiodd a gwa-a-asgodd ei fol
trwy'r barrau.

Roedd e trwodd! Ond roedd Tedi'n teimlo'n
fach IAWN allan yn y stryd.

Croesodd Tedi'r stryd yn ofalus iawn, gan edrych i'r chwith ac i'r dde.

O na! Aeth car mawr trwy bwll o ddŵr
a SBLASIO Tedi!

Ar y palmant prysur, roedd sgidiau mawr
a bagiau trwm yn cicio a gwthio a bwrw
a tharo Tedi.

Yna daeth cawod o law. Syrthiodd y glaw'n drymach ac yn drymach.

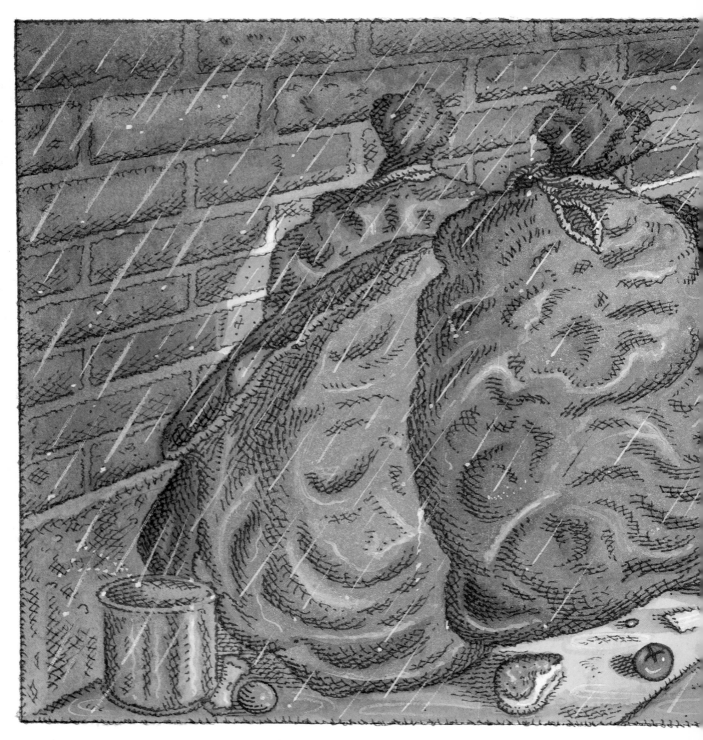

Aeth Tedi i gysgodi y tu ôl i fin sbwriel. Daeth ci mawr blewog i weld beth oedd yno.

"O diar, wna i byth gyrraedd adre at Lili," meddyliodd Tedi.

"Ond RHAID i fi gyrraedd adre cyn amser gwely. Bydd Lili'n chwilio amdana i." A dringodd Tedi i fyny'r rhiw trwy'r gwynt a'r glaw.

Roedd y rhiw yn serth iawn, IAWN. Erbyn i Tedi gyrraedd pen y bryn, roedd hi bron yn dywyll.

Ac roedd y gwynt yn chwythu'n gryf iawn,
iawn, IAWN.

"WHWWSH!" chwythodd y gwynt. Syrthiodd
Tedi ar ei ben a rholio'n bendramwnwgl yr holl
ffordd i lawr i'r tŷ.

Cnociodd ar y drws â'i bawennau oer, gwlyb,
ond doedd neb yn ei glywed.

Eisteddodd Tedi y tu allan yn y tywyllwch,
ac aros ac aros ac aros . . .

Yna dywedodd llais caredig, "Druan â ti, Tedi!
Ydyn nhw wedi anghofio amdanat ti? Paid â
phoeni, galla i dy helpu di."

A dyma'r bachgen papur newydd yn postio Tedi
trwy'r blwch llythyrau. Glaniodd Tedi yn sedd
gynnes, glyd y bygi.

Daeth amser gwely. "Ble mae Tedi?" meddai Lili.
"Alla i ddim mynd i'r gwely heb Tedi. O, dyma fe.
Rwyt ti'n cael bywyd tawel, on'd wyt ti, Tedi?"

Nos da, Lili. Sws, sws. Nos da, Tedi. Cysga'n glyd.
Dim ond Tedi a ni sy'n gwybod beth yn union
ddigwyddodd heddiw, ontefe?